꽃 한 송이

문을 두드려봅니다

나, 살아있어요

아무리 봐도 걱정스러워
말을 건네봅니다

아직, 살아있다니까요

그래도 다시 걱정스러워
그대
물끄러미 바라봅니다

흐르는 것은 모두 따뜻하다

예서의시 031

흐르는 것은 모두 따뜻하다

조영웅 시집

차례

꽃 한 송이

제1부 꽃 한 송이 피어날 때

제2부 파도에 대한 가설

제3부 길 가다 마음 환한 꽃을 만나듯

제4부 어느새 당신 곁에 있네요

제5부 그녀는 한그루 불타는 나무였다네

제1부 꽃 한 송이 피어날 때

꽃을 보내며

오래 머물렀습니다

흔들리며 알맞은 거리로 좁혀지지 않았습니다

다가서든지 다가오든지
떠나지도 다가서지도 못하고 머뭇거렸습니다

그러는 동안 붉은 꽃은 피고 또 떨어졌습니다

멀리 떠나가는
꽃씨를 날려 보내고 나니 조금 알겠네요

너에게 다가서지 못한 이유가

변명으로 나를 밀어내며 늘 두려워했다는 것

예전에 그랬듯이 또 그러하겠지만
차마, 오늘 당신 곁을 떠나지 못하겠습니다

포구에서

무너진 염전창고 공룡의 등뼈 같다

갈대는 바람이 부는 포구의 반대편으로 몸을 누이고
방파제 건너편 아파트단지의 불빛이
오징어 배의 탐조등처럼 빛바랜 어둠을 털며 졸고 있다
뒤틀린 관절같이 녹슨 철문이 삐거덕거리며 열리고
쪼그려 잠든 온돌의 그을음을 털어내면서
턱수염이 겨울 들풀처럼 긴 사내가 방문을 열고 걸어 나온다
어제의 시간을 씻어내는 일이란 쉽지 않군!
차가운 상수도 꼭지를 만지작거리던 사내가
투덜거리며 엉거주춤한 허리를 추스르며
다시 방으로 들어간다
지나가는 것은 시간과 풍경이었을 뿐
돌아와 다시 뿌리를 내려다보면
갈대는 한 발짝도 떠나지 못하고 그 자리에 있었다
바다가 몇 번 밀려와
공룡의 뼈처럼 주저앉은 소금 창고 문고리를 만지며
눈물을 글썽거리다 돌아갔을 뿐
바닷물에 삭은 시간은 물 빠진 개펄처럼 하얗게
소금을 게워 내 물렁물렁한 개펄 위에 뼈의 신전을 짓고 있었다

마른 귀를 쫑긋하게 세운 갈대는
지난밤, 마을의 안부가 궁금했던지
아침 햇살이 밀고 들어가는 골목을 기웃거리고 있었다
우리가 일찍 서둘러 얼굴을 씻고 골목을 벗어나
유일하게 남아 있는 희망처럼 출근 버스를 기다리듯
바다도 해 저문 개펄을
일상처럼 밀고 올랐다 돌아가기를 반복하는지 모른다

중생대 공룡의 뼈에 붉은 피가 스민다

스마트폰

그대, 어쩌다
바람처럼 내 집 앞 감나무 옆을 스쳐 지나갈 때
창문은 유난히 덜컹거리고

푸르게 뒤집히는 나뭇잎 따라 내 몸도
한쪽으로 기울어
그대 몸속에 깃들어 사는 벌레처럼 부산해지고

내, 심장은
당신이 진동으로 설정해 놓은 스마트폰같이
작은 몸짓 하나에도 내 몸 전체가 부르르 떨려

하루에도
몇 번씩 뒤집히며 또 다른 세상을 살아간다네

치국평천하

아이를 돌보는 게
나라를 경영하는 일만큼 힘이 든다는 걸
알게 되었을 때
빙그레 웃음이 나온다
평생, 아내를 이길 수 없었던 이유를
이제 알겠구나
아이 둘을 키우면서
격동의 나라를 2번이나 경영하였으니
집안의 평안이
치국평천하(治國平天下)임을 알겠다
내가 평생,
아내의 품 안에서 꿈을 꾸며 살았구나

꽃 한 송이 피어날 때

당신, 나이테처럼
인생의 푸른 반탄력을 생각해 보셨나요?

강물을 닮아 피고 지는 꽃의 사연
이리저리 기웃거리며 돌아 흐르다 보니
길이 되고, 꿈이 되고, 나무가 되어
반듯하게 서더라고요

당신의 길이 지금 많이 휘어져 있나요?
슬픔, 하나
단단한 옹이처럼 가슴에 박혀
당신을 붙잡고 있나요?

흔들리신다면 맑고 깨끗한 뼈의 여백에
문신처럼
붉은 꽃 한 송이 피어날 때가 되었군요

단감

늦잠 자는 아내를 위하여 새벽시장에 간다
두부 한 모 2,500원 감 한 바구니 10,000원
비지는 덤으로 한 봉지를 얻었다
아줌마, 감은 그냥 깎아 먹을 수 있지요?
아니란다
생감을 좋아하는 아내를 위하여 단감으로 바꾼다
단감 6개 5,000원
50,000원 지폐를 내니 5장을 거슬러준다
10,000원짜리 4장
5,000원짜리 1장
1장을 드렸는데 5장을 주시네요
빙그레 웃는 아줌마 얼굴이 감처럼 붉고 예쁘다
아껴 쓰는 돈으로는 작은 돈이 제격이지
고맙다 인사하고 돌아오는 길
아침 햇살이 아내 눈빛처럼 곱고 따뜻하다

게으른 식탁

나무 비린내 나는 이력을 잘게 씹어본다
향기로운 양념으로 흔들리는 너의 과거를
식탁 위에 올리고
하루 식욕을 뒤적거려 본다
어차피 삼인칭일 수밖에 없는 너를
그리움으로 풀어보려 했던
나의 무모함이, 오늘 또 하루를
버티게 해 줄지도 모른다는 기대로
뜨거운 나의 피를
푸성귀 가득한 너의 꽃밭에 뿌려본다
고춧가루를 친 콩나물국처럼
늦은 아침 식탁이 얼큰하고 시원하다

모닝콜

쫘르르륵!
푸른 눈썹에 찰랑거리는 하얀 귀고리

젖은 화폭에 툭 던져놓은 물감처럼
오월의 아침이
너에게 번져, 아니 나에게로 스며

잊고 지내던 하루가 내 앞에 펼쳐놓은
수채화 용지처럼

떨어진 꽃잎을 붙잡고, 서로
다짐의 말을 확인하듯
깊고 진한 입맞춤으로 스며들고 있어

그대, 일어나셨나요?

그림자

자기 살 자꾸 깎아 맑게 흐른다는
물을 보러 갔습니다

세상 것들 흐려놓은 눈도 씻어내고
허공에 뜬 구름 같은 가슴 속
허무도 헹궈내어
들꽃처럼 흔들려도 향기 나는
마음의 소리를 들으러 갔습니다

아무도 없었습니다
아무것도 보이지 않았습니다

낯선 사내 하나
물속에 거꾸로 서서
하늘을 들고 벌을 받고 있었습니다

산가(山家)

어제는 구름 타고 산이 강을 건너더니
오늘은 강이 안개에 묻혀 길을 잃었네
며칠 산속에 머물며
푸른 물 스미도록 가슴 젖어보려 하네
그대,
소식 궁금하다 기별하려 마시게
산속에 사람 없어 마음 서운할 터이니

건널목

일정한 간격으로 거리를 벌려본다

저 사람과 나는 평행선인가?
언젠가 한 번은 부딪쳐 튕겨 나가야 할 빗방울처럼
가까운 거리에서 점점 더 멀게 느껴지는 사람
아니면 저 사람과 나는 수직인가?
평행선을 모아 직선을 만들어 버린 붉은 신호등 아래
서 있는 사람은 누구인가?
나인가 불러도 물끄러미 바라보고 서 있기만 한 우리는
가까운 거리에서 점점 더 멀게 느껴지는 사람
얼마나 가깝고 또 먼 거리인가?
불순한 생각의 붉은 덩어리 아래 웅크리고
사생아를 낳는 나와 저 사람은 어디로 가는 것인가?
서로 다른 거리, 서로 다른 방향, 서로 다른 생각
그래도 가고 있는 것인가? 길을 잃은 건 아닌가?
아무리 생각해도 아닌 것 같은 7월의 뙤약볕 아래로
뚝 떨어지는 푸른 나뭇잎
점점점 타들어 가는 시간이 낳은 희망의 사생아
13층의 감옥에서 탈출한 사내의 유서처럼
우리는 뜨겁고 다시 싱싱해져야 하는 낙엽인가?

지금은 건너가야 할 때
머뭇거리던 저 사람이 움직이고
나도 천천히 반대편으로 방향을 틀며 움직인다
우리는 지금 돌아가고 있다
뜨거운 하루가 담긴 검은 비닐봉지에서 툭 터져 나온
토마토처럼 천천히 익어가며, 나는
직선의 평행선이 만든 위험한 건널목을 건너가고 있다

중심을 잃은 태양이 데굴데굴 구른다

낙화

길옆 들꽃을 그냥 스쳐 지나가면
꽃들의 세상을 모르듯

잠시 마음이 다른 곳에 가 있을 때
아이가
넘어지고 다쳐 아프듯

늘 가까이 있던 당신이 그렇네요

당신의 꽃밭에 평생 묻혀 살면서
그 향기를 몰랐으니

뚝뚝, 꽃잎 지는 오늘
나무 밑을 서성이며 울 수밖에….

담배를 피우는 너에게

그랜저 승용차가 지나간다
치지직, 도화선 타들어 가는 화약 냄새가 난다

예민한가?

먼 길을 달려왔을지도 모른다

밤새 잠 못 자고 뒤척이다가
시간이 늦어 달려가는 사고뭉치인지도 모른다

그러나 힘이 들었구나

속도를 줄이며 쿨럭이는 너의 몸에서
쓸쓸한 기름 냄새가 난다

지난밤 쓰레기장 한쪽 구석에 쪼그려 앉아
하얗게 뼈를 태우던 사내처럼

봄, 햇살에 찔린 꽃잎 한 장

나를
봄, 햇살 감옥에 가두는 이 누구인가

쓸쓸해서 더욱 투명한 봄

내 몸에 푸른 물 들도록 몸을 짓이겨
새벽의 창문을 여는 이 누구인가

세상은 온통 푸르고 붉은 꽃 천지

나는 다시 뜨거운 심장을 꺼내 들고
푸른 방에 갇힌다

새벽 불면 깊은 강물에서 건져 올린
저 핏덩이 같은 울음 몇 소절

봄, 햇살에 베인
겨울나무 몸뚱이가 뜨겁게 흔들린다

사랑에도 거리가 있다

사랑에도 거리가 있다
너무 가까이 가서 껴안지 마라. 찔려서 아프다
무조건 다가가서
내 것으로 만들려고 하지 마라
너무 가까이 다가가면 욕심이 생긴다
나와 같다고, 혹은 나와 같아야 한다고 생각하는
욕심이 시작되는 것이다
아는 게 진짜 아는 게 아니다
너와 나와의 사이에도 언제나 거리가 있다
남이라는 게 아니고
각자의 개성이고 태생인 것이다
사랑하라
그러나 나와 다른 것까지 사랑하라
나와 같아 사랑한다면 의도적인 분별일 뿐
그것은 이미 사랑이 아니다

가로등

겨울나무 아래 지나갈 때

떨어진 나뭇잎 한 장
아버지 손길처럼 어깨를 툭 친다

아들아, 오늘도 괜찮지!

추운 길 내려와
둘레 환히 밝히시며

따뜻하게 어깨 감싸주신다

몸의 언어

밤늦게 TV를 보다가
아내 곁에 자려고 살며시 문을 열고 들어가면
소리 안 내려는 문소리를
어떻게 알아들었는지 코 고는 소리가
높아지고 내려앉으며 몸을 뒤척여 눕는다

아내의 작은 어깨가
원시 밀림처럼 꿈틀거리며 크고 깊어진다
오래 함께 살다 보니
잠 속에서도 넉넉한 품이 그리워지는 것이다

느낌으로 내 곁에 함께 몸을 누이러 찾아오는구나
칼날을 거두고 어머니로 돌아온 여전사처럼
헝클어지고 약해진 머릿속 신경 줄에
힘을 줘 보는 것이다

괜찮다고, 사랑한다고, 약속을 지켜 고맙다고
잠 속에서 따뜻한 손을 내미는 것이다
어두운 밀림을 걸어가듯
아내가 몸을 뒤척거리며 길을 열어 품는다

사랑의 꽃

사랑은
허기로 출렁거리는 쓸쓸함의 씨앗인지도 모르겠다

길이 꺾여 비틀거리는
고독한 술잔 속에 담긴 내 맑은 영혼의 조각 같아
눈부시지만 매듭마다 아프다

삶 또한 비틀거리는 나의 권태 속에
뜨겁게 피었다 시들어 가는 붉은 꽃이었으니

사랑은 어쩌면 내가 놓아준 길고양이처럼 떠도는
수많은 길 위의 유언 같은 것인지도 모르겠다

우듬지

몇 번이나 밟히고 꺾였을까?
그래도 살아야 해
비로소 너의 삶이 될 테니까.

간지럼 타는 나무

풀벌레 소리가 간지러워 간지러워
배롱나무 진분홍 꽃이 활짝 피었습니다
가을 햇살이
바장거리며 나무 계단을 오를 때
환삼덩굴이 가늘고 긴 팔을 내밀어
지나가는 바람을 붙잡았습니다
앞서거니 뒤서거니
들길을 걸어 집으로 돌아오는 길에
온통, 사랑도 간지러움이라니
아내가 아로니아를 믹서기에 갈아
식탁 위에 올려놓습니다
아내가 피운
진분홍 꽃 사랑이 방 안 가득합니다

제2부 파도에 대한 가설

들꽃 옆에 오래 앉아 있었네

들꽃 옆에 오래 앉아 있었네
바람 소리가 들려왔네

물소리가 들리고 따뜻한 흙 속을 걸어가는
나무들의 하얀 발목이 보였네

혼자 아름다운 것이 아니었네
꽃그늘에 작은 벌레들이 깃들어 집을 짓고
햇살은 그림자를 쓰다듬고 있었네

꽃도 마음이었단 말인가?
흔들림은 몸의 느낌이었다는 말인가?

꽃을 아름답게 하는 게
풀잎의 넉넉한 품이라는 걸
들꽃 옆에 오래 앉아 있고 난 후 알았네

그 옆에 당신이 있다는 것도

텅 비었다

없다

껍질뿐
텅 비어 있는 몸이 허물 같다

살아야겠다

바람이 부는 날은 울어도 좋겠다

흔들림
살아있음의 자기 확인

가볍다

말만 무성할 뿐

내가
정말 없다

꽃이 피었다

주머니 넣고 다니던 어금니 하나가
신발 속에서 시큰거린다

꽃은 무슨 말을 하고 싶었던 것일까?

낡고 쓸쓸해 헐렁해진 바람의 소맷자락이
나뭇가지를 흔들어
푸른 상처를 크게 부풀리는 순간

너였구나!

투명한 뼈를 뚫고 나오는 붉은 혀

맑고 투명해서 만질 수도 없고
녹슬지도 않는
허망한 불면, 그 집요한 뿌리 하나

나무 아래서

나무야 푸른 나무야

너의 은밀한 술렁거림과 부산함이
피를 만들기 위함이었느냐
피 같은 꽃 한 송이 피우기 위함이었느냐

과정을 결과로 증명하려는
푸르기만 하던 무모한 시간의 사생아들아
너의 단단한 침묵 아래서
노쇠한 꽃잎 몇 개를 주워 씹어본다

무엇을 위하여 그리 뜨거워야 했느냐?
피는 눈물이 아니었더냐
꽃은
슬픔의 단단한 불덩어리가 아니었더냐

한때 낙화가
낡은 이념처럼 쌉싸름하고 비리다

연꽃 앞에서

내가 너를 생각함에 쓸쓸하고 삿되다

쓸쓸함은 네가 없음일 텐데
삿된 건 또 뭐란 말인가?

연꽃 사진을 찍을 때
꽃 옆을 천천히 지나가는 첫사랑처럼
원하지 않는 배경이 스며들어 옴인가?

있어서 때때로 허전하고 환한 꽃이여!
나 말고,
네가 이미 내 안에 들어와 있음이여!

허망한 몸 안에
물의 **뼈**를 세워 푸른 집 한 채 짓는다

파도에 대한 가설

파도가 내 코앞까지 밀려왔다 스러졌다
나도 그 앞에서 몇 개의 가설을 세웠다 지운다
출렁거리는 그녀는
몸속에 몇 개의 알집을 부화시키고 있는 걸까
억지로 나를 합리화시키고
다시 출렁거리는 바다를 바라본다
지나간 것은 흔적을 남긴다는 걸 왜 생각하지 못했던가?
파도가 밀려왔지만
나는 아직 그녀가 보낸 편지를 받아 읽지 못했다
결국,
출렁거리다 스러지는 건 나였단 말인가

물 위의 시간

물 위에
꽃잎 떠 흘러가네

꽃잎은 물 위에 앉아
명상에 들었는데

시간의 물결은
사람을 싣고
돌담을 돌아 흐르네

흐르는 건
언제나 나, 였네

해당화

해당화 나무 몸뚱이에
3월의 바다가 천천히 스며들기 시작했다

상처는 더 지독한 상처로 덮을 줄 알아야
꽃을 피우는 법이라고
푸른 잎이 꽃처럼 피어, 가시를 덮는다

나는 해당화 나무 옆에 서서
몸에 가시를 안고 저무는 붉은 열매 같은
햇덩이를 받아 안는다

뽑지 못한 가시가 남아 상처처럼 아프다

아! 저, 꽃

아픔은 꽃으로부터 시작되었으므로
나는 더 이상 꽃을 사랑하지 않기로 한다

아파지려고 사랑한 것은 아니었으나

활짝 피는 꽃 앞에서
바람은 늘 나를 한쪽으로 기울게 하였으며
나비를 기다리게 하였으며
활짝 피어나 아름다워야 할 시간에도
낙화는 나를 슬프게 하였으므로

아! 저, 꽃
나에게 무모한 일탈을 꿈꾸게 하였으나
씨앗은 치료 후 남는 흉터와 같았으므로

사랑하지 않는다고
미워할 수 있는지 기다려 보기로 한다

꽃 타령

꽃이 피어난다고요
부지깽이에도 푸른 잎 돋아나는 봄이라고요
빼앗긴 들에도 봄은 왔지요
그렇게 사랑 타령, 평화 타령, 꽃구경 나가더니
가을 열매는 쭉정이였잖아요
겨울은 또 겨울 같았나요
사람이 아닌 걸 자꾸 진짜라고 우기며 흔들어 대면
꽃도 속이 시꺼멓게 썩어 떨어집니다
이 핑계, 저 핑계
주인이 빈 주둥이를 들고 봄바람 탓만 하고 있으니
어디에 쓰는 물건인지
꽃이 피었다 한들 별 수 있겠어요
봄이 왔다고요
이산 저산 꽃이 줄지어 막 피어난다고요
저는, 아무리 봐도
서쪽 하늘에 시뻘건 동이 피를 게우며 떨어지는
죄 없는 사람 피눈물 같습니다

거짓말

거짓말을 하니 거짓말이 거짓말이라고 합니다
거짓말이라고 하니
또 다른 거짓말이 진짜 거짓말이라고 합니다
거짓말이 자꾸 거짓말이라고 하니
어느 게 참말이고 어느 게 거짓말인지 모두 거짓말 같습니다
거짓말이 거짓말이 아니라고 합니다
그 거짓말이 또 진짜 거짓말이 아니라고 합니다
거짓말이 거짓말을 거짓말이라 거짓말로 거짓말을 합니다
거짓말이 무섭습니다
거짓말 아닌 것은 거짓말이 무서워 또 거짓말을 합니다
거짓말이 참말이고 참말은 모두 거짓말입니다
거짓말 같지만, 거짓말이 아니라서 거짓말 같습니다
또 작은 거짓말이 큰 거짓말 옆에 붙어
자꾸 거짓말의 새끼를 낳습니다
종이호랑이처럼
거짓말이 골목을 어슬렁거리며 걸어 다닙니다
거짓말처럼 거짓말이 자꾸 참말이 되어
거짓말이 진짜인 세상을 거짓말처럼 살아갑니다

사랑 꽃

꽃을 보듯 담담히 너를 받아들인다

꽃씨를 받듯
너를 내 가슴 안에 품을 수 있다는 건
얼마나 큰 축복인가?

그러나 네 곁에서 또 고요할 수 없는
나는 누구인가?

온몸으로 끌어안고 흔들리는
바람 속에서 먼 길을 꿈꾸는 나는 또
무엇이란 말인가?

담담하게 받아들이는 게 절망처럼
아플 때가 있다

붉은 꽃 한 송이 피듯
사랑도 눈물처럼 서러울 때가 있다

곁 꽃

꼭, 이런 녀석들이 있단 말이야

불쑥 시도 때도 없이 나타나서
가슴 아리게 하는

젊고 빛깔 좋아 잘 나가던 한때
누군들 없었을까?

잊어 밀쳐놓았던 추억 몇 개
불쑥 꺼내듯

부지런히 가던 길 멈추고
오래 걸어온 길 돌아보게 하는

꼭, 이런 녀석들이 있단 말이야

매미

유지매미, 쓰름매미, 참매미, 말매미, 애매미,
풀매미, 깡깡이 매미, 좀매미
시골에서 부르는 말 그대로 적어나가다 보니
달빛 아래 문풍지 떨리는 소리도 매미 같아
문풍지 매미라고 불러볼까?
그러면 시원해지려나, 한 소나기라도 하시려나
술집 뒷골목 노래방 매미 소리 들은 적 오래고
시골 뜨락 찰방찰방 건너는 별도 사라졌으니
남은 것은 달빛 뜯어내며 우는 속가슴 매미뿐
보내고 혼자 남은 쓸쓸함을 울어볼까?
매미 매음이 맴이 마음이 울다가 우러르다가
애매미, 말매미, 유지매미, 쓰름매미, 참매미
풀매미, 좀매미, 말매미
그리고 뭐더라 우는 저 울음소리 진짜 뭐더라

벌레집

앞만 보고 달려갔는데

돌아오는 길
텅 빈 벌레집처럼
겨울나무 가지 끝에서 흔들리는
물음표 하나

기대고 있는 것일까?
매달려 있는 것일까?
또 어디로 가고 있는 것일까?

다시 돌아오는 길

껍질만 남아
본능적인 습관처럼
바스락거리는 빈 몸뚱이 하나

새벽달

겨울 나뭇가지에 걸린 새벽달을 본다

별을 바라볼 시간 없어
옥상에 올라가다 잠겨 보지 못한 보름달을
이른 새벽 서쪽 하늘에서 본다

가로등 불빛이 일제히 꺼지고
시래기국밥 한 그릇으로
후루룩거리며 몸속을 데우던 일꾼들이
애벌레처럼
동그랗게 말린 몸을 펴며
깜빡이를 켠 채 서 있는 용역 차에 오른다

헐렁한 외투 속에 품은 비상금처럼
좀처럼 채워지지 않는
하루의 희망을 확인하면서
오늘도 새로운 여행을 시작하는 것이다

아직도 동그랗구나!

뒤척이던 꿈 자락을 끌고 나온 새벽달이
서편 하늘에 하얗게 얼어 있다

K-마스크

독감 바이러스 막으라고 마스크를 주었더니
마스크를 눈에 쓰고 다니는 사내
입에는 헐렁하고 가벼운 망사 표 마스크
눈에는 검은색 유리 마스크
입에서 탈이 난다고 입 다물라고 주었더니
검은색이 더 잘 보이고 햇살 받아 따뜻하다고
귀마저 닫아 버렸다
이제 목구멍만 막으면 될 터인데
명을 어겼다고 곱사등이춤을 추던 무녀가
상명하복하지 말라고 시퍼런 작두를 타니
이놈 찔러 보고, 저놈 쑤셔 보고
엄정하던 법이 마스크 고무줄처럼 늘어져서
문을 닫고 입을 닫아도
세한도 문풍지 떠는소리 칼날처럼 아프다

그대, 그곳에 있었네요

그대, 그곳에 있었네요

내가 잎 떨어진 나무에 기대 먼 하늘 바라볼 때도
그대, 말없이 내 곁에 있었네요

알지 못했어요
자꾸 기대고 싶은 사람이 원망스러워지는 이유를
왜, 자꾸 아팠는지를

나를 대신해 당신이 자꾸 원망스러워지고
당신을 대신해 또 내가 많이 아파했다는 것을
그대, 모두 알고 있었네요

내가 기대섰던 단단한 나무에 푸르게 물이 돌고
멍하니 바라보던 하늘에
가슴 다독이며 손 내미는 따뜻한 봄 햇살

당신 날마다 나에게 등 돌려 떠나는 것 같았지만
그대, 늘 내 곁에 있었네요

꽃 피듯

꽃 보고
왜?
아름답냐고 묻지 마라

그냥 놓아두면
제 자리에서
아름답게 피고 지는 꽃

꽃 피듯
오늘,
네가 살아가면 되는 일

눈물의 사랑법

눈물은 나를 슬프게 한다고 말합니다
하지만 나는 눈물을 사랑이라고 말하고 싶습니다
가진 것 없고 줄 것 없는
나는 눈물 밖에 남아 있는 것이 없기 때문입니다
그러나 눈물을 당신에게 주지는 않겠습니다
당신과 이웃을 위해
온전하게 내가 흘려야 할 눈물이기 때문입니다
사랑이 아프지 않아야 하듯
나의 눈물도 당신에게 닿을 때 아프지 않아야 합니다
눈물은 나를 약하게 한다고 말합니다
하지만
당신을 위해 흘리는 눈물은 나를 용감하게 합니다
내가 당신을 위해 눈물 흘릴 때
당신은 나를 위해 아파하지 않았으면 좋겠습니다
나는 눈물 속에서
비로소 당신을 뜨겁게 사랑할 수 있습니다

제3부 길 가다 마음 환한 꽃을 만나듯

꽃

많은 시간이 지나간 뒤에 너를 알게 되겠지만
나를 알게 되는 건 순간이란다
느낌이기도 하겠지만 내 몸을 전부 던져야 하는
순간이 전체일 때가 있단다
이걸 사랑이라고 말하면 무모하다 하겠지만
마음이 그리 끌려가는 걸 어찌하겠느냐?
간절히 이름을 부르지 않아도 너에게 스며들어
꽃이 피는걸, 너의 앞에서
무엇이 순간이고 무엇이 영원하다 하겠느냐?

비 내리는 바다

저 여인, 아랫도리에 힘을 한껏 주고 바다를
깊게 빨아들인다

아이는 젖은 모래를 두드려 두꺼비집을 만들고
나는 그 여인을 따라 어두운 동굴 속으로 걸어 들어간다

출렁거리는 바다의 피톨 속으로
젖은 눈썹 같은 작은 불씨 하나를 던져놓는다

하얀 파도를 차고 육지에 오르는 바다는
갈매기 날개처럼 하얀
해안선을 따라 자꾸 비린 생미역을 치대어 씻어대고

저 여인, 바다가 고향인 양 따라 들어가다가
발목만 적시고 하얗게 돌아온다

밀린 잠

나의 아내 코 골며 잠을 잔다
옆 방 서재 벽이 웅웅 울리도록 시원하게
세상모르고 잔다
머리 아프다고, 찜질이 되지 않아
얼굴이 부었다고
며칠 사이 10년은 더 늙은 것 같다고
투정 아닌 투정을 부리더니
우리 집안 해님
아니, 아이들 다 빼놓고 나의 아내
세상 눈치 안 보고 시원하게 밀린 잠을 잔다
아침밥
차려주지 않아도 배가 부르다

갈대

이미 몸속에 길이 들었으니
가는 길이면 어떻고
다시 돌아오는 길이면 어떠하냐

개펄에 모여 웅성거리던 바람이
바다를 끌고 들어와
소금 창고처럼
문고리를 흔들고 있으니

날마다
짭조름하게 내 발목 적시며
달빛에 글썽글썽
먼 길 따라나서는 수밖에

노을 속,
붉은빛 타는 적멸에 방을 빌려
하룻밤 머물 수 있다면
놓아버린다 한들 어쩌겠느냐

편견에 대해서

나의 눈은 근시라네
가까이 있는 것은 무조건 잡아당겨
소유하고 본다네
더러는 목구멍에 걸려 토해내기도 하지만
어쩌겠는가
본능이라는데, 즐겨야지
좋은 게 좋은 것이라는데
자네를 잡아먹어도 웃으며 먹히겠는가?
나 살자고 하는 게 아니라
좁은 땅덩어리
한 다리 건너 다 핏줄이라고
자네가 편해야
나 또한 편하지 않겠는가?
나의 눈은 근시라네
우선 가까이 있는 당신에게 손 내밀어
악수를 청하네
먼 곳의 소식들은
자네가 전해주면 되지 않겠는가?

흐릿한 풍경

정류장이 아닌 곳에 멈춰 선 버스
비상 깜빡이를 켜고 움직이지 않는다.

추운 겨울 날씨에
새벽, 길 나선 사람을 태우고
언제까지 기다릴 수 있을까?
몇 대의 버스를 보내고 나서 생각한다.
내려야 할까?
내려서 어디로 갈까?
정해진 시간 내에 회사에 도착할 수 있을까?

가난도 지치면 머물다 가는지
쿨럭거리던 버스가 천천히 움직이기
시작한다.

추운 밤, 견디기 위해
어둠을 조였던 관절을 풀고
흐릿한 풍경과 대화하기 시작한다.

겨울비

겨울비

내 가슴속 욕망이 빠져나간
투명하고 창백한 꽃

그 꽃이 자꾸 시들어

내 몸속의 꽃
너에게 들고 가야 할 꽃까지 시들어

네가 그립다가
네가 원망스럽다가

또,
이런 내가 불쌍하다가
눈물로 글썽이다가

꽃잎 하나

마지막 남은 한 장의 꽃잎이
땅 위로 떨어지고
그 땅 아래로 따뜻한 체온이 스며

뿌리의 체액을 끌어당겨
사리처럼 몸을 밝히는
지상의 따뜻한 눈물 한 방울

슬픔이 따뜻할 수 있는 건
지극한 이별이 있기 때문이었나?

핏물처럼 스미는
어두운 지상의 붉은 집 한 채

마른 가지 위에 마지막 호흡처럼
환하게 불 밝히는
맑고 서러운 갈증 한 다발

막차

내 인생의 반환점은 어디쯤일까?

돌아올 일을 생각하지 말고
길이 끝나는 곳까지 가다가 내려야겠다

오늘이 막차일 테니까

다음에 오는 차는 또 다른 사람이 타야 하는
비지정 좌석 환승 버스

가벼운 충전식 경로 우대카드처럼

그대에게 오는 막차는
조금 넉넉하고 고요했으면 좋겠다

음악을 듣는다

지나가는 것이나 흔적 없는 것으로 생각하기로 한다

나를 속이거나 배신하겠지만
늘 어긋난 틈바구니에 뿌리를 내리고 살았으므로
또 한 번 엉겨 붙어 살아보려는 것이다

나의 결정이므로 한번 스스로 위로해 보기로 한다

이유를 달지 않고 따라 흘러가 보기로 한다
얼마쯤 흐른 후 다시 알게 되겠지만

굳어 좁은 어깨도 우쭐 당겨보며
가벼운 음악 속에 그냥 나를 풀어놓아 보는 것이다

미끼

‘미끼를 덥석 물다’
문득 왜 이런 생각을 했을까?

내가, 오늘
누구에게 낚이려나 보다

예견되지 않았던
조금은 오만했던 사랑처럼

뒷자리가 석연치 않아
만나려고 하지 않았던 사람

불쑥 찾아와
나를 당기며 흔들려나 보다

겨울 강

내가 살아있는 것은 따뜻함이 남아 있다는 것

이성으로 피가 차갑게 식을 때도 눈물은 남아 있어
울 수 있다는 것

흐르는 것은 모두 따뜻하다

겨울 강이 하얗게 입김을 풀어내는 강변에 서보라
누가 누구에게로 흘러가는지

흐르지 않고는 못 견디는 이 혹한의 강물 앞에서
나도 너에게로 흐르고 싶어

하루를 버티고 사는 뜨거운 강인지 모른다

다이어트에 대한 소견

뱃살을 빼시겠다고요?
나는 그것을
살을 태워 없앤다고 말합니다.

세포가 불붙어 활활 타고 난 후에라야
많은 양의 지방을 빨아들이고
지방이 줄어들어야
늘어진 살이 빠지거든요.

태워 없앤다, 뜨거우신가요?
일단 하루만 뜨겁게 살아보세요.

뜨거운 뒤에야
밥상에 알맞은 음식이 차려지듯
우리도 가끔,
알맞게 숙성되어야 하거든요.

뱃살을 빼시겠다고요?
일단, 당신의
몸과 마음을 뜨겁게 태우세요.

깊은 잠

모든 소리는 거꾸로 되돌려 받아 들으면 되겠구나

남에게 요구하는 길은 결국 나에게도 결핍된 길
자기 고백과 같은 것을 몰랐구나

부족해서 희망하고 부족해서 글을 쓰고
남을 나무라는 말은 모두 나 자신을 자책하는 말

오늘 하루 겉모습이 그럴듯해 보였지만
나의 속은 온통 어지럽고 상처투성이가 되었구나

하루 몇 번의 성냄을 보태었으니
스스로
너무 작고 초라해서 미안하고 부끄러워서

지우듯 어둠 속에 몸을 묻고 또 하루를 꿈꾼다

틈

무언가 해야 한다는 생각이 꿈틀거릴 때
그냥, 나를 던져둔다
까짓것 나를 붙잡고 흔들어봤자지
그냥, 멍하니 흔들려본다
꿈꾸고 있구나
살아있는 것처럼 꿈을 꾸고 있구나
나도 모르게 물컹거리며 올라오는 눈물을
주르륵 흘려본다
가슴에서 출렁거리는 뜨거운 바다에
나를 던져놓고
남의 일처럼 그냥 있어 본다
기다림이 나를 버리고 떠날 때까지
먼발치에서 내가
나를 물끄러미 바라볼 수 있을 때까지

가고 오는 길

오늘, 만나고
헤어지는 일이 어찌 우리만의 일이겠느냐?

꽃이 피고 계절이 바뀌고 사람이 떠나고
다시 만날 것을 약속하지만

모든 일이
나에게 올 때 가벼운 것은 하나도 없어라

덧없이 그리운 사람아
날마다 내 안에 들어와 나를 흔드는 사람아

네가 내 안에 들어와 종일 흔들리는 것이
어찌 너와 나만의 일이겠느냐?

나뭇잎이 떨어져 먼 길 떠나가는 것도
봄을 기다리는 일이라고 말하지만

꽃 피고 지는 일이 어찌 꽃만의 일이겠느냐?

가을은

글썽거리고 있는 갈증 같다

사막에서
사라진 강의 발목을 잡고 서성거리는
마른강의 눈물 같다

아직도 살아있을까?

마른 뼈를 일으켜 세워 흐를 수 있을까?

잠을 자다 화들짝 놀라 깨어나는 새벽

텅 빈 방 안 쏟아져 들어와 찰방거리는
마른강물,

가을은 내 몸 안에서
마른 나이테를 안고 뒹구는 나무의

피 묻은 유언장 같구나!

사랑 꽃

저벅저벅 길 가다 가슴에 너의 꽃 도장이 찍혀
내 마음 가난해도
너의 향기를 찾아 나설 수 있으니

꽃이야, 가슴에서 피워 올린 붉은 꽃이야!
사랑으로 눈물로
날마다 흔들리며 피는 모진 생명의 꽃이야!

너에게 줄 다짐이란
이미 돌고 돌아 그대 나에게 올 마중이었으니
내, 너무 화려함을 자랑하지 않으마

길 가다 마음 환한 꽃을 만나듯
당신 또한
그 길 위에 찍힌 아름다운 꽃 도장 아니던가

낡은 기타

부서진 손가락을 주워서 낡은 기타 위에 얹는다
줄은 녹슬고 약해져 떨림을 견디지 못하고 몸을 기댄다
문득 엔딩 음이 감사하고 뜨거워진다
길은 자꾸 흔들리고 꽃잎은 자꾸 흩어져 날리고
떨어진 사람의 이름을 모두 불러다
기타 줄 위에 다시 얹는다
목쉰 메아리가 산그늘 밑을 지날 때
언뜻언뜻 너의 모습을 보일 듯 나타났다 사라지고
절뚝거리며 먼 길을 돌아나간다
점·점·점·점 낮은음으로
나는 웅크리며 작아지고
얇아지고 얕아지고 가늘어지고 가벼워지고
너는 풀어지고 느슨해지고
멀어지고 희미해지고 지워지고, 깊어지고 그리워지고
사라져가던 이름 하나 낡은 악보 위에 얹는다
못갖춘마디처럼 뚝, 떨어져 나간 자리에
반음 당겨진 너의 노래가 온음표처럼 길게 흔들린다

꽃의 노래

당신이 나에게 올 때 이미 혼자가 아니었는데
나뭇가지마다 처음처럼 나비가 날아오네요

당신이 나에게 보내던 사랑의 말씀이
하얀 날개 달고 꿈의 나뭇가지에 내려앉아요

펄펄펄 날리는 저 많은 날개 속에서
빛에 사무쳐 마음 시렸던,

당신이 나에게 올 때 이미 혼자가 아니었는데

갈피마다 그대 꿈 다시 내려앉아
가도 끝없는 하늘길 가슴 시린 꽃이 되네요

제4부 어느새 당신 곁에 있네요

떨어지는 꽃잎이 위험하다

약을 꺼내려고 팬트리 수납장 문을 연다는 게
나도 모르게 불쑥 그 옆에 있는 냉장고 문을 열었다

언제부터인가 사물을 카테고리로 묶어 사유하는
버릇이 생겼다
합목적적으로 생각하는 것이다
모로 가도 서울만 가면 된다고 생각하는 것이다

만물과 우주를 동의어로 생각하면서부터
곁들어 사는 내가 무슨 주인 노릇을 하겠다는 말인가?

생각이 가벼워지면서
생활이 자꾸 곁길로 빠져 비틀거리는 것이다

글을 쓴다고 컴퓨터를 켜고 앉았다가
기타 악보 몇 장을 뒤적거리며
뿌리처럼 뻗어나가는 감정의 도화선에 불을 붙인다

생각과 달리 봄은 어느새 깊고 붉어져
떨어지는 꽃잎이 몸속에 숨겨둔 뇌관처럼 위험하다

상사화

없었는데
어디서 불쑥 솟았다는 말인가?

생각이 깊고 깊어
하룻밤 먼 길을 걸어 꽃 피웠다는 말인가?

밤새워 불 켜고 서 있던 가로등 옆

쓰러지던 붉은 마음 밀어 올린
그리움 한 촉

하안거에 들다

여름비 오는 날
입을 닫고 하안거에 들어야겠다

가뭄에 문을 열고
엉금엉금 기어 나온 생명들
개구리, 민달팽이, 지렁이, 땅강아지
구름조차 하늘길 멈춰 숨을 쉬고

푸른 비 내리는 날
조용히 하안거에 들어

꿈조차 함부로 밟으면 안 되겠다

비가 내리고
꽃도 옷을 벗고 나와 몸을 씻는다

사람이 지워져 넉넉한 둘레가
맑고 환해진다

이제 떠날 때가 되었다

내 자리가 아니었다

누군가 자리를 비워주었던 것이다

나는 작은 풀이 되었고
꽃이 되었고
씨앗이 되었다

이제 떠날 때가 되었다

하늘이 많이 가까워졌다

또 누군가를 위해 자리를 비운다

사랑은 이런 것이다

푸른 달팽이

이제 몸을 벗을 때

7월의 푸른 수풀 속을 벗어나

어둡고 단단한
아스팔트 도로를 건너

청람색
도라지 꽃 핀 너의 집 담장 아래

몸을 담고 살았던
껍질을 벗고

이제,
바다처럼 잠들 때

비 내리는 바다

함께
출렁거리려고 간다
나에게
한마디도 하지 않을 것이라는 걸 안다
수평선처럼
출렁거리며 빗대어 말할 뿐
바다와 육지인 나는 사랑할 수 없다
'스미지 못하고 젖는다는 건
우리가 늘 피상적이란 말이군!'
혼자 중얼거려 본다
사랑이 그러하듯
언제나 그 자리로 돌아오지만
너를
다시 믿어보고 싶은 것이다

아내의 건망증

아내가 자꾸 무엇을 버리며 다닌다
먹던 과자부스러기도 그렇고
좌판에 놓고 돌아온 작은 전화기도 그렇고
잃어버린 시간의
알록달록한 물결무늬 지갑도 그렇고
치우고 모으며 생각한다
이것이었나, 세상을 되감으며 산다는 거
시간의 뒷자리에서
사소했던 추억을 쓰다듬어 모아주며
뜨겁게 눈물 흘릴 수 있다는 거
아내의 자리에 내가 꽃잎처럼 떨어져
내려앉는다
뜨거운 흔적이 자꾸 나를 울컥하게 한다
그게, 사랑일 거다. 아니 동행일 거다
함께 있어 햇살 따뜻한 봄날
아내를 쫓아다니며 나를 다시 줍는다

나무숲에 들다

매미 소리 푸른 산 이슬을 덮고
전나무 숲길에 질펀하다

맨발로 걸어 나온 뻐꾸기 맑은소리에
아침 산이 쩡쩡 갈라진다

저리, 색맹처럼
한껏 푸르고 울창한 나무들 속에
내가 무슨 말을 더 보태겠다는 말인가?

누가 보낸 기별인가?

산 당귀 향기 환하게 건너오는
산길에 멈춰 서서

돌이 뼈를 씻는 환한 물멍* 때리다가
받아 든 편지 한 장

나무가 되거나 산새가 되거나 모두
내 마음속의 소리

홀연히 잃어버린 나의 길을 찾는다

*물멍: 넋 놓고 물 구경을 함

구인 광고

비 맞으러 갈 사람 구합니다
저, 비 그치기 전에
저, 푸른 슬픔
지쳐 더 검푸르러지기 전에
풀잎처럼 천천히
마음 적시러 갈 사람 구합니다
망초꽃 안개처럼 깔리는
평창강,
나무 산책로에서
나, 당신을 기다리겠습니다

야옹야옹

야옹야옹,
슬픈 밤의 뼈를 뽑아 너에게 보낸다
달빛으로 만든 투명한 감옥
너는 누구인가?
날마다 밤의 뼈 시린 감옥에
나를 가두는, 너의
뜨거운 눈물은 또 무어란 말인가?
야옹야옹,
눈물 흐르지 않는 병원 13층의
창백한 불빛 아래
새끼 고양이를 물고 몸을 던진
사랑보다 깊고 뜨거운 너의
푸른 그림자처럼
혼자 남아 덜컹거리는
쓸쓸함은 나에게 무엇이란 말인가?

세탁기

욕실 한쪽 구석에
전쟁의 유물처럼 놓여 있는 세탁기
의심스럽게 살펴보다가
과감하게 전원을 넣어보기로 한다

불림, 세탁, 헹굼, 탈수
시간은 깜박깜박 자동으로 흘러가는 건지
두고 보기로 한다

폭풍이 몰아치던 날 바다가 보고 싶어
무작정 달려갔다가
내가 뒤집힌 바다가 되어 돌아오던 날
출렁거리던 불안한 파도처럼

덜컹거리는 시간의 소리를 듣는다
삑삑삑, 신호음 울릴 때마다 움찔움찔
그래, 어디 갈 테면 가 봐라
지금 나는 세탁되고 있는 중이다

낭원대사오진탑*

오르는 산길 가운데 우람한 나무 한 그루
젖은 산길을 오르다가 상수리나무 잎사귀 한 장
화두처럼 주워 든다

풍장을 지낸 등신불 갈비뼈처럼 선명한 빗살무늬 날개
결국, 날개란 단단해진 뼈를 내려놓을 때
높이 오르는 깨달음을 주는 것인가?

화광동진(和光同塵)
바위틈 사이로 솟은 돌부리를 피해 오르는 돌계단
오름 길 300m가 108배의 합장이었구나

돌층계 돌아 디딘 발자국이
마른 이끼의 참회 문자처럼 바스스 부서지고 떨어져
가슴 바닥 깊은 문신으로 남는다

*낭원대사오진탑(浪原大師悟眞塔): 강릉 보현사 뒷산에 있는 불탑

가난한 식사

쓸쓸한 아침이다
아니, 식물성 혼밥*이 절묘한 시간이다

다듬지 않은 가지 한 개
가뭄에 쪼글쪼글해진 고추 세 개
바다의 새우가 공손하게 명상에 잠긴 김치찌개
갈라 터진 방울토마토 몇 개
어머니 가슴처럼 하얀 진액 흘리며
젖 물리는 새똥 씀바귀

가난한 아침이다
아니, 염색체가
빗방울에게 몸을 맡긴 푸른 시간이다

*혼밥: 혼자 먹는 밥

염전창고

소금 위에 단단한 뼈대를 세우고 섰던
건물 하나가 무너졌다

그의 얼굴은 검게 그을렸고

투명하고 단단하던 뼈는 잘게 부서져
새의 먹이가 되었다

태양을 유일신으로 숭배하던
조상의 거대한 역사 하나가

우리가 사는 지상에서 사라진 것이다

들꽃

날아가다 길 위에 멈춘 작고 하얀 나비
미처 보지 못한 내 마음을 여기에서 보는 것 같아
찬찬히 들여다본다
연초록 암술 1개에
옹기종기 둘러 모인 갈색 수술 8개
잠시 잊고 살았던
나의 하루를 저리 아름답게 시작할 수 있을까?
자세히 들여다보니
옹기종기 둘러앉아
눈물조차 꽃잎처럼 고맙고 아름다운 아침이다

크리스마스트리

꼬마전구가 나뭇가지에 불을 뿜어 올렸습니다

우듬지까지 노랗고 붉은빛의 따뜻함이
뿌리부터 겨드랑이를 타고 짜릿하게 스며들었네요

불이 물이 되어 흐르는 놀이터의 고요함이라니

'나, 추운 겨울에도 봄처럼 아름답게 살아있어요.
내 몸을 타고 흐르는 당신,
그리움의 사랑 노래가 들리시나요?'

단단하게 옷을 껴입고 창밖을 내다보니

아기 예수처럼 사랑으로 다시 태어나는
내 마음 한쪽 모서리에도 반짝 불이 켜집니다

사랑

세상에서 뚝 떨어져 나와야
비로소 보이는 꽃

아주, 작은
그러나
눈물 나게 온 가슴 흔드는

작아서, 소중한
뜰 가득 넓게 피는 그 꽃

오솔길

내 마음이 따뜻해지니 당신도 따뜻해집니다
내 몸이 손을 내미니 당신이 달려와 안깁니다
당신도 그렇겠지요
기다림이란 조금씩 다가서면서 가슴이 따뜻해지는 겁니다
우리의 그리움이란 손 내밀면서
가까이 다가가서 서로를 껴안는 겁니다
우리에게 거리란
서로를 존중하기 위해 남겨둔 여백이라면
오늘 걸어가는 길이 낯설지 않을 테지요
앞서거나 뒤서거나 걷다 보니
어느새 당신 곁에 있네요
당신 영토에 작은 꽃으로 피어 흔들리네요

눈물 무덤

어머니 봉분 옆

아버지 뼛가루 뿌린 자리

봄이 되어도
이승의 설움을 덜 삭이셨는지

풀이 돋지 않는다

죄 많은 자식

뜨거운 눈물 더 흘려야겠다

제5부 그녀는 한그루 불타는 나무였다네

가을 나무 아래서

쓸쓸하구나!
작고 초라해 눈물겨운 것들이
모여 서로 기대고
아름답구나!
사랑이 마음 주는 따뜻함인 줄 알고
달려가 가슴 포개는 것들
큰 나무 아래
작은 잎들이 모여
수런거리며
작은 씨앗을 덮어
큰 나무를 만들었구나!

오래된 사진

수납장 깊은 어둠 속으로 귀양 갔던 사진이
오늘 식탁 위로 돌아왔다
50대 초반,
아내와 함께 환하게 웃고 있던 그 사진
슬그머니 사라지더니
20년 지난 가을 날 기적처럼 다시 나타났다

요사이 며칠 몸이 불편해
목소리를 높이지도,
나비처럼 꽃밭으로 날아다니지도 않았더니
온순한 양이 되어
꺼내 놓아도 소란스럽지 않을 것 같았던 모양이다

다시 어둠 속으로 들어가기 싫어
찬찬히 두 사람 얼굴을 번갈아 들여다본다
주름 없는 얼굴,
다시 아내 마음에 주름 접혀 슬퍼지지 않게
부드러워지리라
어느 한쪽이 지워질 때 영정사진이 될 테니
알맞은 자리에 꼭 붙어 앉아 웃고 있으리라

챙겨 준 아내 마음이 고마워
식탁 위에 놓아둔 사진의 먼지를 닦는다
아내가 꺼내 온 사진 한 장
어둡고 쓸쓸하던 오후 나의 방안이 환하다

갈대 옆을 지나며

갈대는 늘 불안했다
갈 데를 모르는 갈대는 늘 막막했다
불안한 존재라는 걸 알기 때문에 늘 흔들렸다
흔들림 자체가 생존방식이라는 걸
갈대는 이미 알고 있었다

우리는 늘 완전했다
다른 개체보다 완전하다는 걸 알기 때문에
늘 직립으로 꼿꼿했다
단단함 자체가 생존방식이라는 걸
우리는 이미 알고 있었다

그러나 불안해서 늘 흔들렸던 갈대는
가을 들판에 환하게 꽃을 피우며 뿌리를 내렸고
완전해서 늘 단단했던 우리는
바람 속에서 껍질처럼 시들어 갔다

흔들림이 바람과 나누는 은밀한 사랑이라는 걸
알지 못한 우리는
빈 몸으로 바람을 견디는

갈대 옆을 지나며
불안한 갈대처럼 다시 흔들리기 시작했다

낙엽을 보며

세상에 뭐, 저런 게 다 있을까?
낯설다. 신비스럽다
찬찬히 들여다보면
잃어버린 꿈이 꿈틀거리고 있다
백치의 얼굴
꽃을 배우고, 세상을 배우고
서투른 언어의 맞춤법을 배우고
어쩌다 잃어버렸을까?
새로운 영토를 찾아 떠나와
먼 길 위에 세운 깃발이
왜, 잃어버린
하얀 나라의 항복문서 같을까?

건배

모여 있다
속을 비운 저것들이 한 곳에 몰려 있다

각기 다른 속이었으리라
다른 도수의 희망으로 쓰린 속을 다스리며
천천히 속엣것을 빼앗겼으리라

상처를 소독한다면
마음은 위안이라도 하면 되었을까

시원한 한마디 외침을 위하여
우리는 얼마나 많은 절망과 울분을 삭였던가

천천히 스며들어 나를 먹어 치우는
너와 나의 기막힌 순간의 절정을 위하여
건배,

잔이 비고 또 우리 몸속이 비었다

잎갈나무* 그녀

그녀는 금방마을에 살았다네

산죽 서걱거리는 산비탈 오솔길을 걸어 나오면
금빛 번쩍이는 잎갈나무 숲길 끝에 그녀의 집이 있었다네

봄에는 새 속잎을 피웠다가
가을에 황금빛으로 타올라 온몸에 잎을 떨구는 잎갈나무

그녀는 언제나 내 마음속에 싹트고 낙엽 지는
한그루 불타는 나무였다네

가을이 불타는 금빛에 취해 비틀거릴 때
그녀에게 달려가는 나의 길은 황금빛으로 물들어 번쩍이는
단단한 나무줄기처럼
곧게 뻗어 하늘길 걸어가는 듯 황홀했다네

지금은 사라진 금방마을 끝자락
허물어진 집터에 어룽거리는 그녀의 그림자 남아 있을까

그녀는 지금도

내 마음을 지키는 오두막 작은 불빛이라네

*잎갈나무: 낙엽송으로 알려져 있다.

때 늦은 유서

갈대밭 오솔길을 지나가다 멈춰 글을 쓴다

뭐 하는 짓이지?
사람들이 힐끗거리며 지나가고
갈대 사이로 빼꼼히 고개를 내민 철새도
신기하다는 듯 신호를 보낸다

무엇 때문이 아니라 그냥, 서 있는 것이다
모두 지나갈 때 잠시 기대어 서서
들을 지키고 있는 풍경을 바라보는 것이다
모든 일이 그렇듯 지나갈 테지만
잠시 멈춰 우리 일을 생각해 보는 것이다

가시나무에 달린 빨간 열매가 보인다
지난 겨울 미처 보내지 못한
사연 몇 개 가시 끝에 매달려 서성거린다

내가 가다 멈춰 글을 쓰고 있는 곳
저 작은 열매도 때 늦은 유서를
아침 햇살 속에 쓰고 있다고 생각해 본다

살다 보면, 가끔

떠나지 못한 것이 아름다울 때가 있다

별·별·별

땅 위에서 별종들이 모여 별별 별짓을 다 하더니
하늘에 별이 사라졌구나

희망을 길어 정수박이에 들이붓던
맑고 시원한 우물 물 한 바가지

오늘은 아이 눈을 들여다보며 잃어버린 별을 찾는다

내가, 너희에게 보태 준 눈물이
찰랑찰랑 맑은 샘에 고여 별이 되었구나

미세먼지가 보통 수준이라는, 오늘
아이의 손을 잡고

미안하다 미안하다 어두운 골목을 다시 돌아 나오며
별을 찾아 하늘을 올려다본다

가을 산길에서

어떤 사람이 보내온 단풍잎을 보며 생각하네
물드는 것은 아름다운 것인가?
물소리 저벅거리며 걷는 계곡을 내려오다가
헐렁해진 뼛속으로 스며 흐르는 바람을 만지며 생각하네
뜨겁게 타오르지 못하고 떨어지는 쓸쓸함도
지극하면
마음 또한 저리 뜨거워 붉어지고 마는가
어차피 누구나 한 줄은 올라가는 길
또 한 줄은 내려오는 길
처음에는 서로가 빛 고운 마음 내어 걸었겠지만
바래고 낡아 가벼워진 추억 몇 장뿐
낙엽의 절창은 붉게 타오르는 빛이 아니라
시들며 토해내는 나뭇잎의 향기가 아니었던가
가을은 아름다운 것인가
뉘엿뉘엿 해 저무는 가을 산길에 서서
가슴 갈피에 넣어둔 단풍잎 몇 개 꺼내 읽는다

나이테

몸 안에 새겨놓고 꽃을 피우지 못한
너의 문신을 본다

날카로운 톱날이 몸을 자르고 지나갈 때마다
하얗게 토해내는 비명,

삭이지 못하고 뛰쳐나갔던 나의 울분이
저러했을까

행간마다 몸을 비우고 누운 푸른 영혼이
피어나지 못한 꽃잎처럼 뜨겁다

겨울나무

뿌리가 젖는다

나무뿌리 둘레부터 검게 눈이 녹는다

몰랐다

가까운 곳이 더 추웠고
쓸쓸한 사람이 더 간절했으리라

우듬지에 푸른 싹을 밀어 올리기 위해
겨울보다 더 추운 몸이 녹는다

지난밤 추위를 꽉 껴안고 견뎌 낸

나무의
아랫도리가 땀으로 흥건하다

녹는다,
당신 곁에 있는 내가 먼저 녹는다

미세먼지

공중에 빈 벌레집처럼 내가 간힌다

회색 도시 어디쯤
부서진 배처럼 내가 정박 중이다

아팠으리라, 섬처럼

어디서 바람의 살점을 잘라내는
도마질 소리가 들린다

자꾸 내가 나를 잃어버린다

아프고 선명하게
잃어버린 항로를 찾았으면 좋겠다

꽃샘추위

단단한 겨울이었을 때는 몰랐습니다

얼었다 녹기를 반복하면서
자꾸 몸의 두께가 얇아지고 있다는 것을

사랑도 당신을 알고부터 아팠습니다

당신 때문에 아팠던가?
나 때문이었던가?

당신을 핑계대면 사랑도 거래가 되므로
나 때문이었다고 말해봅니다

오늘도 바람이 불어오고

나무의 뿌리가, 덜컹
창문을 열었다 닫는 소리를 들었습니다

꽃잎 위에 쓴 상형문자

풀 수가 없구나
풀어놓으면 어느덧 매듭이 생겨
날마다 낯설구나
사랑과 슬픔이 등을 돌려 앉은 부부 같고
희망과 불행이 날마다 배신하는
길 위의 인연 같으니
나 아닌 내가 길 위에 서서
손 내밀어 보지만
돌아와 보면 아득한 숨바꼭질
너를 버리고 돌아온 나 또한
들불같이 꽃잎같이
뜨거워 화르르 순간에 타고 마는
꽃잎 위에 쓴 상형문자

2월의 꽃눈처럼

발끝으로 서 있는 나뭇잎은 얼지 않는다

2월의 꽃눈처럼
우리의 삶은
언제나 설레면서도 두려워지는 것

상수리나무에서
툭, 떨어진 열매처럼

오늘은
어제가 꿈꾸던 미래가 아니던가?

살아있는 나무는 길 위에 멈추지 않는다

붉은 꽃 한 송이

너와 내가 슬퍼할 때도 꽃은 피었어라

수많은 꽃송이가
너, 이었다가 또 나, 이었다가

서로 토라져 돌아설 때도
남의 일처럼 무관하게 꽃은 피었으니

날마다, 나 그리고 너 사는 일

어두운 밤
붉은 꽃 한 송이 피어나는 일이었어라

덧신

중앙시장을 기웃거린 지 꽤 오래
아내가 오늘 덧신을 사다 주었다
여러 곳을 돌아다녀도 보이지 않던 덧신이
아내에게는 보였나 보다
천하 만물을 두루 살피는 눈이 따로 없다
겨울보다 여름을 유난히 좋아하는 나
나이 들면서 발이 시리다
늘 분주하니 뭉툭하고 단단한 발에게
덧신을 신겨주며 말 건네본다
따뜻하지? 또 먼 길 떠나려면
잠시 편히 쉬어라!
그리고 아내여! 잠든 당신의 머리맡에
젖은 물수건을 놓아둔다
아픈 머리 식혀가라고 마른 목 축이라고
참 고맙고 소중한 사람이라고

고향

문득, 귀뚜라미 소리
섬돌 놓여 있는 시골집 작은 봉당
어머니
하얀 코고무신 끌리는 소리가
그리워

인터뷰

당신과 꽃과 사랑과 나무의 시(詩)

○이 시집은 결국 시적 대상인 당신 혹은 그대를 향하고 있다. 그대 혹은 당신은 누구인가? 시적 화자가 아니라 시인의 목소리로 듣고 싶다.

당신 혹은 그대는 내가 생각하고 느끼고 다다르고자 하는 모든 대상이나 지향점이 될 것입니다. 나는 우주의 모든 것에 둘러싸여 있고 그것들과 교감하며 살아가고 있다고 보는 것입니다. 내 마음속에 말이던 나에게 건네주는 그들의 말이던 나를 움직이게 하고 내가 살아가고 있음을 느끼게 한다면 그것들을 불러 모아 곁에 있는 또 다른 것들과 함께 대화하고 함께 공생하고 싶은 것입니다. 결국 시적 대상은 나로부터 출발하여 함께 어울리다 다시 나에게로 돌아오는 조금 낯설어진 당신 혹은 그대라고 말하고 싶습니다.

○이 시집을 횡단하고 있는 키워드는 단연 '꽃'이다. 꽃의 연속이라고 할 수 있다. 가령, 꽃이나 붉은 꽃(꽃을 보내며), 꽃의

사연(꽃 한 송이 피어날 때), 젖은 꽃잎(봄비), 떨어진 꽃잎(모닝콜), 꽃잎(낙화), 붉은 꽃(사랑의 꽃) 등 제1부만 슬몃 봐도 꽃과 꽃의 연속이다. 유독 꽃을 시의 전면에 내세운 이유가 무엇인가.

꽃은 내 생각과 상념 그리고 그리움과 기다림을 구체화하여 나타내 보이는 이미지로서의 꽃으로 보면 어떨까, 생각해 봅니다. 꽃은 단순히 꽃으로 끝나는 것이 아니라 한 송이를 피우기 위한 전 생애 그 모든 과정의 결실로 보이기 때문입니다. 아름답다는 넓은 추상성을 시각적으로 구체화해 표현하기 위해 빌린 이미지라고 보면 어떨까요? 곁에 있는 사람에게 꽃 한 송이를 건네주듯 선물처럼 내 마음을 읽어주고 싶은 것입니다.

○위의 질문을 이어서 한다면 위의 '꽃'들은 단순한 계절이나 제재를 넘어 어떤 상징을 띄고 있다. 그것은 그대와 당신과 연관되어 있다. 꽃과 당신 혹은 그대와 꽃의 연관은 무엇 때문에 그렇게 깊은 관계가 되었는가.

내가 가는 길의 지향점이기도 한 그대와 당신, 그 길 위에 놓여 있는 꽃을 생각해 보는 것입니다. 꽃은 언제나 석연치 않은 현실의 길 위에서 극복의 방향을 제시하는 이미지 전달체의 역할을 하고 있다고 봅니다. 모호하기 조차한 추상적인 심적 아름다움을 외적 구상적인 꽃으로 풀어 설명하는 것은 쉽지 않은 과정입니다. 늘 경쟁적이고 건조한 생활 속에서 탈출하고 싶은 생존의 방식으로 꽃을 불러와 사용하고 있는지도 모르겠습니다. 솔직한 고백이지만 요즈음은 곁에 있는 아내가 꽃보다 더 아름답다는 생각을 해봅니다.

○그리고 꽃과 연결된 정서 때문인지 당연히 봄이라는 계절감 또한 많이 보인다. 물론 물리적인 시간은 겨울밤이라 해도 봄이나 꽃을 배경으로 한 시를 쓸 수 있다. 암튼 옆으로 새는 말 같지만 시를 주로 어느 계절에 많이 쓰는지 궁금하다.

추상성의 구체화는 시간과 장소를 가리지 않고 확장되는 것 같습니다. 겨울에는 겨울꽃이 있고 건조한 일상에는 바스락거리는 종이꽃이 있고 생화나 말린 꽃, 눈부시게 화려한 조화조차도 시를 쓰게 만듭니다. 기다리거나 피우거나 향기를 맡거나 자세히 들여다보는 과정으로서의 꽃은 나와 함께한 주변 환경과 어울려 내 몸의 습성처럼 시적인 정서와 연결되고 있는 것 같습니다. 개인적으로 예쁜 것보다 꽃이 시들며 열매를 가질 때 풍기는 아린 향기 같은 것을 좋아하는 편입니다.

○이 시집을 일독한 독자는 알 것이다. 꽃, 당신, 그대 못지않게 '사랑'도 곳곳에서 마주칠 것이다. 일일이 열거할 필요도 없을 것만 같다. 그 사랑은 개인적인 것일 때도 있지만 '눈물의 사랑법'처럼 이웃을 향할 때도 있다. 시는 개인적인 것인가. 아님 타인을 향할 때도 있는 것인가.

시는 개인적인 것에서 출발하여 타인에게 건너가는 정서적 소통의 다리라고 생각합니다. 내가 너에게 가는 과정의 이미지 전달체이기도 한 꽃은 결국 너에게 전하는 선물로서의 꽃이 될 것입니다. 사랑의 표현으로 전하는 꽃이 되기도 하고 이웃의 눈물을 닦아주는 위안이나 안식의 꽃이 되기도 하는 것입니다. 꽃은 상징성이 구체화한 형태로 나타난 마음속 이미지의 순수한 고백이기도 한 까닭이지요. 내 가슴 안에서 출발한 시는 타인의 가슴에서 꽃을 피우고 다시 돌아와 내 곁에서 열매를 맺는 숙명적인 회귀라고 생각해 보는 것입니다.

○이어서 시는 나를 향한 것인가. 아니면 그대를 향한 것인가. 시는 독백인가. 대(對)사회적 발언인가.

나는 오늘도 꽃씨를 심습니다. 온 힘을 다하는 생의 과정을 거치면서 꽃을 피울 것이고 화단에 핀 꽃은 나와 당신, 그대를 즐겁게 하거나 위안 삼게 할 것입니다. 아름다운 마음을 가지게 할 것이고 노래하게 할 것이고 자연 친화적인 마음으로 이웃에게 손을 내밀게 할 것입니다. 시인은 점점 넓어지는 확산의 과정을 거쳐 독자들과 함께 아름답고 행복해지고 싶은 것입니다. 사회적인 발언은 함께 손 내밀 때 아름다운 의미를 갖게 될 것입니다. 혼자는 결코 즐겁거나 행복할 수 없다고 생각하는 뜻이기도 합니다.

○이 시집의 어느 부분은 또 바다를 향하고 있다. 그 바다는 단순한 대상이 아니라 대체로 시적 화자의 소통 대상일 때가 많다. 바다와의 소통은 무엇 때문인가.

육지의 이미지가 꽃이라면 바다가 피우는 꽃은 소통이나 확산의 이미지로 다가옵니다. 산골에서 태어난 나에게 꽃은 늘 주변에 있었지만, 나를 제한적인 울타리 안에 가두었습니다.

시를 쓰기 위해 의도적인 체험의 세계를 만들어 나를 학대하기도 했지만, 생각만큼 자유롭지 못했습니다. 이럴 때 무작정 바다로 달려갔지요. 비 내리는 날의 바다나 겨울 바다는 무슨 말을 할까? 밀어 올리는 것인가, 밀려가는 것인가. 시작인가, 끝인가. 궁금했던 나는 바다와 사람과 꽃의 공통점을 찾았고 바다를 피어나는 거대한 꽃송이로 가슴에 안을 수가 있었습니다. 바다는 많은 말을 가슴에 담고 삭히는 아버지 뒷모습 같아서 가벼워진 수평선 어깨 위에 서툰 말을 얹어놓거나 속엣말을 풀어놓을 수 있었습니다. 바다는 육지 고래인 시적 화자의 눈물을 뿜어 올리는 커다란 숨구멍 같았다고 말할 수 있겠습니다.

○시인의 생애에서 바다와의 특별한 관계가 있는지 궁금하다. 아니면 바다와의 개인적 에피소드가 있으면 말할 수 있는가.

지금도 가끔 바다로 달려갑니다. 구겨진 파도가 푸른 오선지처럼 내 품속으로 달려들 때는 마음속 말을 꺼내 음표를 그려 넣고 싶어집니다. 수평선을 바라보고 서 있는 긴 머리카락의 소녀를 볼 때는 마치 오선지 위에 그려놓은 8분음표 같아 악보를 그리듯 시 한 편을 쓰고 돌아오곤 합니다. 겨울에는 산골 집을 떠나 바다가 바라보이는 마을에 오래 머물기조차 합니다.

○이 시집에 등장하는 제재 중 또 하나는 '나무'일 것이다. 마치 월정사에서 상원사에 이르는 나무 숲길 한 대목 같을 때도

있다. 나무를 염두에 둔 이유는 무엇인가.

나무는 사시사철 내가 걸어온 길이거나 걸어가야 할 길처럼 보입니다. 나무 몸속에 있는 둥그런 나이테의 길은 풀어내면 얼마나 먼 거리일까, 생각해 보는 것이지요. 한 곳에 멈춰서 수많은 갈래의 길을 만들고 있는 나무는 녹록하지 않은 현 시대를 살아가는 다양한 모습의 인생행로를 보여주고 있는 것 같아 자꾸 나무 주변의 일과 함께 나무의 안부가 궁금해지는 것입니다. 어떨 때는 서로 위로하고 격려하며 동행하고 있는 건 아닌가 생각 들 때도 있습니다.

○그리고 또 그대, 당신, 너보다 주목하게 되는 대상은 '아내'라고 할 수 있다. 시인의 아내가 직접 시에 등장하는 경우가 한 국 시에서 많지 않은데 특이하다. 그 배경이 궁금하다.

그대, 당신, 너 모두 대상은 하나인 데 나에게 건너오는 상징의 의미는 다양합니다. 서로 다른 거리감을 가지고 있다고 할까요? 그대는 마치 그리움이나 기다림의 대명사처럼 일정한 거리에서 나를 지켜보고 있는 눈빛과 같고 당신은 가까이 곁에서 손잡고 나누고 대화하며 종종 다투기도 하는 상대적인 대상같이 느껴집니다. 원근법적인 접근이랄까요. 아내는 조금 다른 것 같습니다. 이미 내 마음속에 둥지를 틀고 들어와 앉아 새로운 부화를 시작하는 작고 아담한 고향 집을 떠올리게 합니다. 함께 겪었고 함께 살아왔으며 함께 살아가야 할 거리감 없어진 작은 소우주에 공동 입주한 이웃같이 따뜻함을 느낍니다.

○'아내'는 관념이거나 사랑의 대상이기보다 일상에서 볼 수 있는 이를테면, 아내의 다큐와 같다. 아내는 사랑인가. 동행인가. 아니면 '넉넉한 품'(몸의 언어)인가.

시라는 장르는 의미를 던질 뿐이지 설명하지 않는 것 같습니다. 그만큼 거리감이 느껴지지만, 그 거리만큼의 여백에서 독자들은 느끼고 호흡합니다. 아내는 관념이거나 사랑의 대상이기도 합니다. 그러나 손잡고 함께 걸어가고 있는 실존이기도 하지요. 함께 걸어가는 과정에서 생기는 희로애락의 의미가 다큐와 같이 현실적으로 묘사되기도 하는 것 같습니다.

"나와 다른 사람/ 반평생 넘게 몸 섞으며/ 함께 살아온 사람/ 모양도 다르고/ 생각도 달라/ 꽃이 제각기 피듯/ 다르게 사는 모습이 신기해/ 말없이 지켜본다.// 아름다운 꽃이다."

제가 쓴 〈아내〉라는 제목의 시처럼 아내는 사랑이고 동행이고 넉넉한 품이기도 합니다. 근래는 어찌 저리 다른 모습으로 공생할 수 있을까? 고맙고 신기하기조차 해서 즐겁게 시의 소재로 빌려다 쓰고 있습니다.

○시를 주로 어디서 쓰는가. 예컨대 길 위에서 혹은 책상에서 혹은 꿈속에서 아주 가끔 밥 먹다가 때론 술 마시다가 등등.

시간과 상황, 장소를 가리지 않고 생활의 과정처럼 시를 생각합니다. 모든 사물과 행위를 상징적으로 표현하거나 확장해 보는 것이 생활에 활력소가 되기도 하더군요. 길 위에서는 메

모지에 책상에서는 종이나 책의 여백에 꿈속에서는 소스라치게 일어나 항상 머리맡에 놓아둔 공책에, 밥을 먹거나 술을 마시다가 생각나면 살아있는 이미지를 놓치지 않으려고 슬쩍 그 자리를 피해 나가 적어놓고 돌아오기도 합니다. 요즈음 항상 가지고 다니는 핸드폰의 메모장을 자주 이용하고 있습니다.

○시집에 나타나는 시의 배경과 장소 등 공간설정과 시 작업의 근황을 소개한다면?

산골 마을에서 바다가 보이는 마을로 장소를 옮겨 아내와 함께 건강관리를 위해 생태공원을 산책하면서 쓴 글이 많습니다. 2년 정도의 기간, 즉흥적인 소회를 메모하였다가 시 형식으로 교정하는 방법으로 작업했습니다. 시의 압축과 상징적 의미를 짧은 형식으로 쉽고 생동감 있게 풀어내려고 노력하였고 일부 작품은 문학상 전국 공모 응모작품으로 교정을 거듭하다가 슬며시 옮겨놓기도 하였습니다.

○시를 쓰면 가장 먼저 읽히고 싶은 독자가 있는가.

가볍게 지나쳐 왔던 주변의 다양한 사물과 대상 속에서 의미를 찾아내는 자성과 성찰의 글이 많습니다. 물론 자연 친화적인 대상물을 소재로 끌고 와 그들의 말을 빌려 쓰기도 했습니다. 나를 먼저 살펴서 길을 찾고 손을 내밀며 함께 가자고 청하는 형식이 자연스럽다고 생각했기 때문입니다.

≪논어≫에 나오는 "里人이 有美하니 擇不處仁이면 焉得知라" 글을 떠올려 봅니다. 아름다운 곳을 찾아 머무르는 것을

아는 사람이 행복할 것이므로 부지런히 살아온 궤적 속에서 잃어버리거나 놓친 것은 없었는가 살펴보고 배려하는 자기성찰의 시간을 가지려는 사람과 이 글을 함께하고 싶습니다. 동물적으로 살아온 길 위에 식물성인 꽃과 나무, 사랑과 배려의 정원을 가꾸어 천천히 함께 걸어 보고 싶습니다.

○시 쓰는 일 이외 또 염두에 두고 있는 것은 무엇인가? 가령, 스포츠나 여가 활동 같은 것 아니면 새로 시작한 취미 활동 같은 것?

시 쓰는 일과 구태여 구분할 일은 아니지만 요사이 기타 연주에 푹 빠져 있습니다. 말과 글과는 형태가 다른 노래와 리듬이 나에게 가슴 넓은 소통과 공감의 여백을 제공해 주는 것 같아서입니다. 한문 고전 시가를 오래 읽었고 그림과 붓글씨를 일정 기간 그리고 쓰면서 넘치는 감정을 조금씩 다독거려 왔다면 은근히 호소력 있게 다가서는 발성법을 음악에서 배우는 것 같습니다. 전문연주가는 아니지만 가끔 다이아토닉 하모니카도 섞어 불면서 호흡과 문장의 결을 고르고 있습니다.

○시인의 일상이 궁금하다. 여행을 하는 편인가. 산책을 하는 편인가. 오직 서재나 골방에 박혀서 시와 함께 살고 있는가. 술을 즐기는지 커피를 즐기는지도 궁금하다. 애호하는 것이 또 있다면?

술과 커피는 많이 좋아하지는 않습니다. 다만 사람과 어울려 대화하고 공감하며 의견을 나누는 자리를 좋아해서 어울

리면서 조금씩 나누는 술과 커피는 도움이 되는 것 같습니다. 시인은 대체로 왜 술과 담배를 좋아하는가? 체험해 보자고 욕심을 부리던 때도 있었는데 결국, 지치지는 않았지만 스스로 객기를 접기로 했습니다. 몸 다치지 않을 만큼의 술과 커피는 개인적으로 시를 쓰는 데 도움이 된다고 생각합니다.

차량이나 도보로 가 볼 수 있는 우리나라 관광지는 거의 다 다녀본 것 같습니다. 낯선 풍경과 지방색이 다른 접근은 신기하고 폭넓은 시적 소재를 제공해 주더군요. 배를 타고 섬으로 다니다가 요즈음은 가까운 생태공원과 숲속 오솔길을 산책하는 형태로 바뀌었습니다. 가끔 여행의 시간 속으로 돌아가 마음 출렁거릴 때도 있지만 가까이 있는 것에 마음 내려놓고 찬찬히 깊숙하게 들여다보는 것도 즐겁습니다.

○이번 시집이 출간되면 혼자 조용히 낭독하고 싶은 시 1편을 꼽는다면? 그리고 어디서 낭독하고 싶은지? 그 장소를 말할 수 있는가?

글쎄요. 다양한 시각으로 접근하고 있어 1편을 꼽기가 망설여집니다. 서정적인 접근은 시집의 표지 제목과 결을 같이하는 〈꽃잎 위에 쓴 상형문자〉 생활의 시로서는 〈포구에서〉 여백이 있는 글로 〈낡은 기타〉를 말하고 싶습니다. 아담한 카페에서 서툴지만, 기타로 반주하면서 한편씩 조용히 읊조려 보는 것도 괜찮을 것 같습니다.

○시의 독자는 생각보다 훨씬 빠르게 소멸하고 있다. 시가 읽

히지 않는 이 시대에 시를 쓰는 시인의 심경은 무엇인가?

시의 독자를 좁게 생각하고 싶지는 않습니다. 온전히 시인이 숙명적으로 가져야 할 수용의 폭에 관한 얘기일 테니까요. 욕심 같지만, 계층에 구분 없이 누구나 공감할 수 있는 시를 쓰고 싶기 때문입니다. 인성이 영악해지고 생활습성이 강퍅해졌으니 이제 휴머니즘의 본래 효용인 인성 회복의 시기가 도래하지 않을까? 기대하며 서정적인 희망의 글을 쓰고 싶다면 너무 고전적일까요. 소멸은 또 다른 경향의 탄생을 요구하는 징후로 보고 미래의 새로운 시 장르의 발굴과 시의 부흥을 짚어보고 싶습니다.

○이번 시집을 출간하면 꼭 하고 싶은 일이 있는가? 구체적으로 무엇을 하고 싶은가? 예컨대 출판기념회 같은 것을 계획하고 있는지, 북 토크나 북 콘서트 같은 것도 구상하고 있는지?

그냥 좋아서 시를 쓰는 편이라 출판기념에 따른 별도의 행사계획은 아직 생각하지 않고 있습니다. 함께 글을 쓰고 있는 몇 개 문학단체의 회원과 지인을 불러 차를 나누면서 가슴의 여백을 넓히는 친교의 시간을 가져보고 싶습니다. 북 토크나 북 콘서트도 구상하고 있지 않습니다만 18권의 시집을 엮어내었으니, 시인의 근황은 어떨까 궁금해하는 주변의 권유가 있으면 발간한 시집 중심으로 여러 사람이 모여 낭송하고 노래하며 자신의 특기를 문학적으로 풀어내는 작은 모임을 하는 것도 의미 있겠다고 생각해 봅니다.

○인생 시집이 될 만한 시집 두어 권을 소개할 수 있는가? 그리고 문학 동인이나 문학을 같이 공부한 혹은 문학을 함께 논할 수 있는 문우가 있다면?

문학에 호기심이 많던 청소년 시절에 조지 고든 바이런과 하인리히 하이네의 시와 김소월의 시를 자주 접하며 성장했습니다. 당시 시집이 귀할 때였지만 표지 떨어진 시집을 들고 다니며 반복해 읽었습니다. 한창 시를 쓰던 때는 노벨문학상을 받은 옥타비오 파스의 ≪태양의 돌≫을 읽으며 시대적 문학의 인식 방법을, 오규원 시인의 ≪현대 시작법≫을 읽으며 날 이미지의 시적 변용 방법을 생각하기도 하였습니다. 지금은 시의 흐름을 잃지 않기 위해 매년 발행하는 신춘문예 당선 시집을 구해 읽어보는 편입이다.

시를 쓰기 전에 사람이 먼저 되어야 한다고 말씀 해주시던 정태모 시조 시인님, 남도 지방 한의 정서를 작품에 풀어내시던 박재삼 선생님 모두 작고하셨지만, 나에게는 아직도 커다란 스승으로 남아 있는 분입니다. 동인이나 문우는 활동적인 문학보다 사색이나 명상의 문학을 추구하는 편이라 많지 않으나 함께 활동하고 있는 ≪평창문학≫ ≪강원펜문학≫ 회원과 문학 합평회, 시화전, 세미나, 작품 발표회 등을 함께 진행하면서 문학적 소통 범위를 넓히고 있습니다.

○마지막으로 개인적으로 독자에게 하고 싶은 말은 없는가?

꽃은 나에게 다가올 때 아름답습니다. 다른 사람의 마음속으로 들어갔을 때 그 사람이 아름다워지기를 바라는 것이지요. 그냥 아름다운 것이 아니라 뿌리 내리고, 싹을 틔우고, 비바람을 견디며 새끼를 치고 갈등하며 아름답게 피워올린 꽃은 다시 단단한 씨앗으로 돌아가 함께 실존하기를 꿈꾸기 때문입니다. 모든 사물의 탄생과 소멸이 그럴 것이고 우리 살아가는 과정도 그러할 것입니다. 주변이 아름다워질 때 보거나 느끼거나 관계 맺거나 함께 행복해질 것입니다. 나의 시가 당신과 꽃처럼, 사랑과 나무처럼 자연 친화적인 의미로 아름답고 신선하게 독자 곁에 남아 있기를 바랍니다.

흐르는 것은 모두 따뜻하다

ⓒ조영웅, 2024

1판 1쇄 인쇄__2024년 05월 10일
1판 1쇄 발행__2024년 05월 20일

지은이__조영웅
펴낸이__양정섭

펴낸곳__예서
　　　　등록__제2019-000020호

제작·공급__경진출판
　　　　사업장주소__서울특별시 금천구 시흥대로 57길 17(시흥동), 영광빌딩 203호
　　　　전화__070-7550-7776　팩스__02-806-7282
　　　　네이버 스마트스토어__https://smartstore.naver.com/kyungjinpub/
　　　　이메일__mykyungjin@daum.net

값　12,000원
ISBN 979-11-91938-74-6　03810